AUGUSTE RIGAUD,

de

Montpellier.

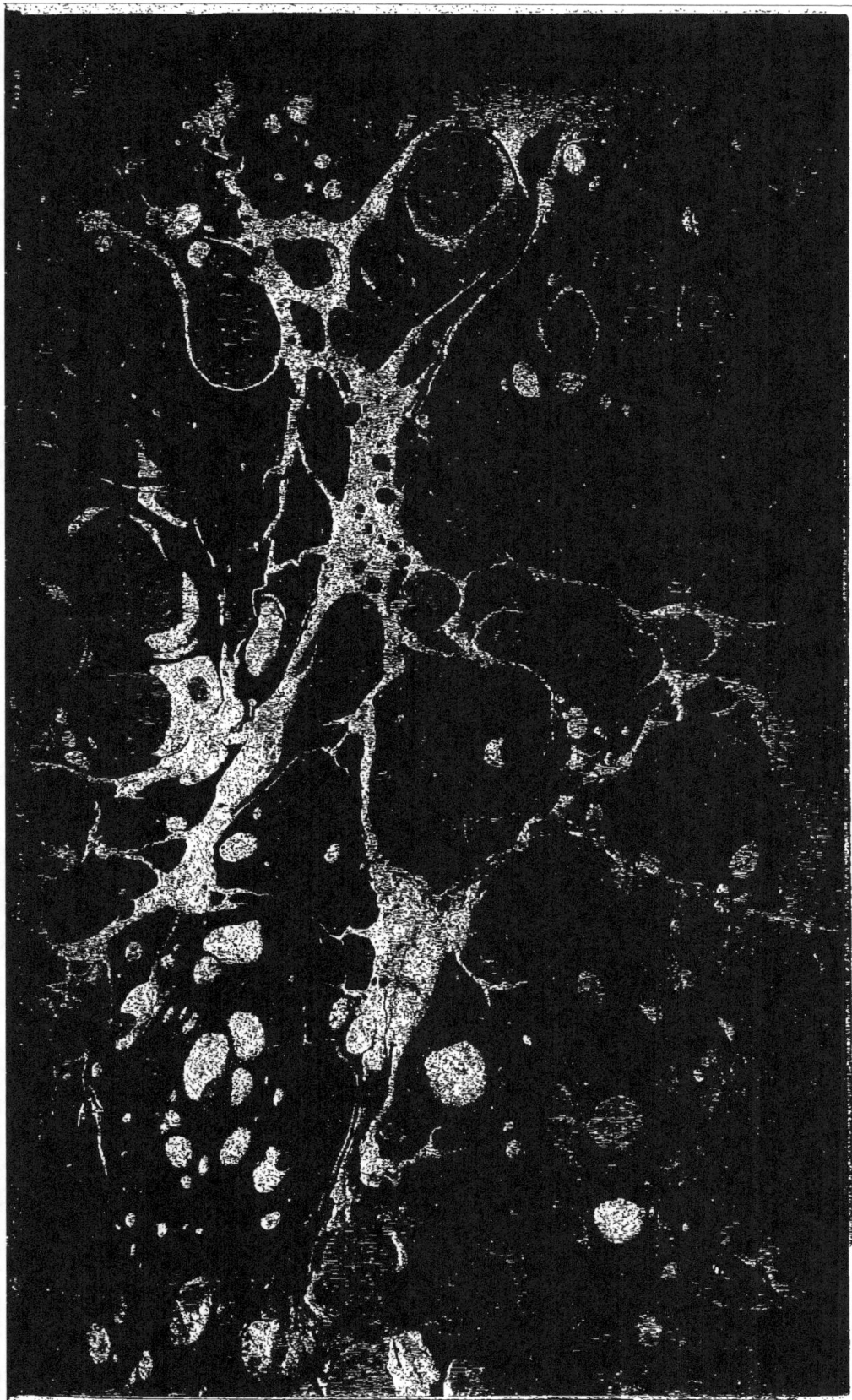

905

ÉGLISE RÉFORMÉE

DE PARIS

Paris, le 24 Mars 186 8

121 *bis*, rue de Grenelle-St-Germain.

Je tenais beaucoup à aller vous rapporter moi même les deux pièces et les deux volumes que vous m'avez prêté avec une si aimable obligeance. Une indisposition m'en empêche aujourd'hui et je crains d'être indiscret en tardant plus longtemps.

J'ai donc l'honneur de vous les renvoyer en vous priant d'agréer l'hommage de mon volume de lettres de Voltaire.

Veuillez recevoir mes remerciements les plus empressés et l'assurance de ma considération très distinguée

Ath. Coquerel fils

Lettre du pasteur ...

510

MEMOIRE

DE Mᴱ. DAVID LAVAYSSE,

AVOCAT EN LA COUR,

POUR

Le Sieur François-Alexandre-Gaubert
LAVAYSSE, son troisieme Fils.

A TOULOUSE,

De l'Imprimerie de JEAN RAYET,
Imprimeur - Libraire , à la Mere des
Sciences & des Arts , Place du Palais.

MÉMOIRE

DE Mᴱ. DAVID LAVAYSSE,

AVOCAT EN LA COUR,

POUR

Le Sieur François-Alexandre-Gaubert
LAVAYSSE, son troisieme fils.

C'EST pour mon Fils que j'écris.
Il est innocent, mais il est dans les
fers. Je supplie Messieurs les Juges
de vouloir bien m'accorder pour
un sujet si intéressant, cette attention indulgente dont ils m'ont honoré pendant
près de cinquante années. Mon Fils est accusé
d'être complice d'un Parricide abominable ; une
Sentence non moins inique qu'irréguliere, en
le condamnant à être présenté à la Question,
préjuge que s'il n'y a point de preuves contre
lui, il y a du moins quelques soupçons : J'en-
treprends sa Défense ; la douleur dont je suis
accablé ne me laissera peut-être pas assez de
force pour finir ce Mémoire ; mais si la plume
me tombe des mains, je la remettrai en celles
de Me. Etienne Lavaysse mon second fils, qui

achevera de défendre fon Frere.

Qu'il me foit permis de parler de moi un inftant : il eft affez affligeant pour moi d'y être obligé.

Je nâquis dans la petite Ville de Caraman le 15 de Novembre 1695, du Mariage de Me. Jean de Lavayffe , Docteur en Médecine , & Demoi-felle Marie de Mercier , tous les deux nouveaux convertis : Je fus baptifé dans l'Eglife Paroif-fiale ; deux Prêtres , Me. Biros & Me. Martin , prirent foin de ma premiere éducation : A l'âge de douze ans , mon Pere qui n'avoit d'autre fils que moi m'envoya à Touloufe : J'y fis mes Humanités & ma Philofophie au College des Jéfuites : Je perdis mon Pere en 1709 ; Il avoit toujours vécu en Philofophe Chrétien ; fon in-difference pour les richeffes , fon amour pour la tranquillité , l'avoient éloigné des grandes Villes , & fixé à Caraman , où il exerça la Mé-decine , avec des talents & un défintéreffement , qui joints à la bonté de fon caractere & à l'in-tégrité de fes mœurs , lui attirerent l'eftime & l'amitié de fes Concitoyens : Il m'avoit infpiré dès l'enfance les mêmes fentimens , & j'aurois vécu comme lui à Caraman , du petit Domaine qu'il m'avoit laiffé , fi ma Mere n'avoit fou-haité que j'étudiaffe en Droit : fa volonté fut la mienne ; j'étudiai en Droit , je fus reçu Avocat en 1715.

En 1723 je fus marié avec la Demoifelle Faure , de Caftres. Notre Mariage fut célébré dans l'Eglife Paroiffiale de la Platé. D'un grand nombre d'Enfans que Dieu nous donna , il en refte fix , trois mâles & trois filles , dont l'aînée eft mariée avec Me. Senovert , Avocat en la Cour , & mere d'une nombreufe famille :

j'ose prendre à témoin tous ceux dont je suis connu ; ils attesteront que j'ai toujours été bon fils, bon pere, bon ami, bon patriote, que j'ai exercé ma Profession avec probité ; qu'ennemi constant de tout esprit de parti, je n'ai cherché qu'à vivre paisiblement sous les Loix de l'Etat, chérissant ma Patrie, révérant mon Prince avec amour, & défendant avec zele mes Concitoyens.

Ce détail ne paroîtra point inutile à ceux qui réfléchiront qu'il est ordinaire aux enfans, élevés sous les aîles de leurs parens, de prendre les mêmes inclinations, les mêmes mœurs, & que le chemin de la vertu s'apprend encore mieux par les exemples que par les préceptes.

François-Alexandre-Gaubert Lavaysse mon troisieme fils, né à Toulouse le 24 Octobre 1741, baptisé en l'Eglise Cathédrale de Saint Etienne le 31 du même mois, actuellement âgé de vingt ans, a fait ses Etudes & reçu son éducation, de même que ses Freres, sous mes yeux au College des Jésuites ; en finissant la Philosophie il soutint des Theses Générales, qu'il dédia à l'Ordre des Avocats : j'ai toujours laissé mes Enfans libres de choisir, parmi les Professions honnêtes, celle qui leur plairoit le plus : celui-ci voulut entrer dans le Commerce ; j'y consentis : je le plaçai chez les Sieurs Duclos, Négocians, qui jouissoient d'une considération bien supérieure à leur état ; il y demeura deux ans ; les personnes qui l'y ont vu, peuvent rendre témoignage de ses sentimens & de ses mœurs.

Les malheurs des Sieurs Duclos, obligerent mon Fils à quitter cette Maison : je cherchai à le placer à Bordeaux, à Marseille ou à Lyon.

Le Sieur Robert, Négociant de cette Ville, &
le Sieur Mathieu Serres ancien Procureur en la
Cour, me propoſerent le Comptoir du Sieur
Feſquet, Négociant & Armateur de Bordeaux:
Le Sieur Feſquet qui venoit de prendre les
Eaux de Bagneres paſſa par Touloufe ; nous
convinmes enſemble que mon Fils feroit en
penſion chez lui pendant un an, & qu'après ce
temps nous prendrions d'autres arrangemens.
Il prit mon Fils dans ſa Chaife de poſte, &
l'emmena avec lui.

Me. Godin Prêtre, d'un mérite reconnu,
attaché à M. le Maréchal Duc de Richelieu,
Gouverneur de Guienne, eſt mon itime ami. Je
lui recommandai mon Fils : je le priai de veiller
ſur ſa conduite : je l'abandonnai à ſa vertu & à
ſon amitié ; en même-temps, j'ordonnai à mon
Fils de le voir ſouvent & de ne ſe conduire que
par ſes conſeils. Les Lettres de Me. Godin que
je remettrai, s'il en eſt befoin, font un témoignage bien authentique, que cet Enfant a ſuivi
& exécuté conſtamment ſes avis & ſes volontés,
& qu'il a mérité, par une excellente conduite,
l'eſtime & l'amitié même de toutes les perſonnes
qu'il a fréquentées.

Ce fut par le conſeil de cet Ami que mon
Fils étudia d'abord la Langue Anglaiſe, comme
néceſſaire à tous les Négocians de Bordeaux, à
caufe du grand Commerce qu'ils font avec les
Anglais, quand la Guerre n'y met point d'obſ-
tacle. Il y fit dans très-peu de temps des pro-
grès conſidérables, ſous le ſieur Oriordan fça-
vant Irlandois réfugié.

Mon Fils vivant chez un Armateur toujours
heureux dans ſes entrepriſes, conçut le deſſein
d'entrer dans la Marine. Me. Godin le fortifia

& dans cette idée ; ils m'écrivirent l'un & l'autre sur ce sujet ; j'en parlai à Me. Desirat , mon Confrere , qui avoit eu un Frere Capitaine de Navire ; il m'assura que mon Fils ne pouvoit prendre de meilleur parti ; je répondis donc que j'approuvois le projet , avec cette restriction qu'il n'auroit son effet , que quand la Paix au- roit rendu la Navigation moins périlleuse.

En conséquence de ma réponse mon Fils com- mença son cours de Pilotage. Il l'avoit bien avan- cé , lorsqu'un événement imprévu fit ouverture à un autre projet : J'appris que le sieur Magnon , un des plus riches Négocians du Cap Français de l'Isle de S. Domingue, étoit mort ; qu'il avoit par son Testament nommé son Exécuteur Testa- mentaire le sieur Faure , mon Beau-Frere , qui avoit toute sa confiance , & qu'il lui avoit laissé toutes ses commissions. Je formai aussi-tôt le dessein de faire passer mon Fils en Amérique auprès de son Oncle , qui pouvoit facilement le mettre en même de faire dans peu de temps une fortune considérable , & de le faire embarquer à Cadix sur quelque Vaisseau Espagnol.

Dans ces circonstances, l'année , pendant la- quelle il avoit été convenu que mon Fils seroit en pension chez le sieur Fesquet , finie, le sieur Fesquet m'en donna avis , & m'offrit de prendre des arrangemens ultérieurs. Je lui fis part du nouveau dessein qu'avoit fait naître la mort du sieur Magnon , il l'approuva beaucoup , & dès-lors il fut déterminé que mon Fils parti- roit de Bordeaux pour se rendre auprès de moi aussi-tôt que son cours de Pilotage seroit fini , & il devoit l'être vers la fin du mois de Sep- tembre.

Son cours fini, il partit de Bordeaux & arriva à Toulouse, le 12 du mois d'Octobre, à cinq heures & demie du soir. Il vint d'abord chez moi ; mais j'étois à Caraman avec toute ma Famille & celle de Me. Senovert, mon Gendre, qui étoit lui-même dans le Vivarais, sa Patrie ; de-là il alla rendre quelques Lettres dont il avoit été chargé à Bordeaux pour divers Négocians, entr'autres pour le sieur Cazeing, qui le pria, avec tant d'instance, d'accepter le soupé & un lit chez lui, & de lui donner la préférence sur une Auberge, qu'il ne pût se refuser à cette offre.

Il plut toute la nuit, la pluye augmenta encore le lendemain & dura toute la matinée : mon Fils dîna chez le sieur Cazeing, & la pluye ayant cessé vers le midi, il s'empressa de chercher un Cheval de louage pour se rendre le même jour auprès de moi ; mais tous ses pas furent inutiles, il n'en trouva aucun, ce fait & l'impatience où étoit mon Fils de venir me joindre, doivent être prouvés par l'Information, & le seroient encore mieux, si le Procureur du Roi ou les Capitouls n'avoient dédaigné de faire assigner plusieurs Témoins, qui s'étoient présentés à leur Curé pour les révéler, en conséquence du Monitoire dont il sera bientôt parlé.

Déjà il étoit plus de quatre heures, & mon Fils avoit par-là perdu l'espérance de pouvoir ce même jour se rendre à Caraman ; il continua cependant de se donner des mouvemens, afin de trouver un Cheval pour le lendemain ; passant dans la grand'rue, il vit dans la Boutique du sieur Calas des Demoiselles de Caraman ; il les joignit : Elles lui apprirent qu'elles devoient partir le lendemain matin, & il convint avec elles, qu'ils partiroient ensemble, s'il pouvoit

voit

voit trouver un Cheval.

Mon Fils, avant fon départ pour Bordeaux, alloit quelquefois chez la Dame & les Demoiselles Calas ; ce qui l'avoit mis en liaifon avec les fieurs Calas. Ceux-ci joints au fieur Calas, leur pere, le prierent inftamment de fouper ce foir-là chez eux, & le cadet Calas s'offrit de le conduire chez tous les Loueurs de Chevaux, pour lui en faire trouver un. Ils fortirent enfemble à cet effet vers les cinq heures du foir, & ne rentrerent que deux heures après. Ils montent à la Chambre de la Dame Calas : fon mari, & Marc–Antoine Calas leur fils aîné, ce dernier, naturellement fombre & mélancolique, étoit tout penfif dans un fauteuil, fa tête appuyée fur une de fes mains.

Peu de temps après, on paffa dans une autre Chambre, où le foupé étoit fervi, on fe mit à table, le Pere, la Mere, les deux Freres Calas & mon Fils.

L'aîné Calas, qui étoit à côté de mon Fils, mangea très-peu : mon Fils ne lui vit manger qu'un quartier de Pigeon au fang & deux grappes de raifin : Il fe leva de table avant la fin du foupé, paffa à la Cuifine, où il demeura quelques momens & defcendit feul.

Le foupé fini, on rentra dans la Chambre de la Dame Calas, Elle, fon Mari, leur Fils cadet & mon Fils. Ils ne fe quitterent point jufqu'à ce que mon Fils voulut fe retirer ; c'étoit vers les neuf heures & demie, ou neuf heures trois quarts.

Le cadet Calas prit un flambeau & fuivit mon Fils pour l'éclairer : defcendus dans l'Allée qui conduit à la Rue, ils s'apperçoivent que la Porte de la Boutique eft ouverte, ils entrent pour

B

voir si quelqu'un ne s'y est pas caché, & le premier objet qui frappe leurs yeux, est l'Aîné Calas, nu tête, en chemise & pendu entre les battans de la Porte, par laquelle on entre de la Boutique au Magasin. Ce spectacle les saisit de crainte & d'horreur ; ils appellent le sieur Calas pere, en poussant des cris effrayans, entrecoupés, & tels que les inspirent les mouvemens dont ils sont agités.

A ces cris le sieur Calas pere s'empresse de descendre : Sa Femme veut le suivre ; mais mon Fils court à Elle, l'arrête, la fait revenir sur ses pas & rentrer dans sa Chambre ; elle veut sçavoir la cause de ce grand bruit, mon Fils lui dit qu'il ne le sçait pas bien lui-même, qu'il va s'en instruire & qu'il reviendra l'en informer ; il lui fait promettre de l'attendre, & lui épargne par-là le plus horrible spectacle qui puisse frapper les yeux d'une Mere.

Après ce premier soin, mon Fils sort de la Maison avec précipitation, & court chez le sieur Camoire, Chirurgien, dans l'espérance qu'il pourra donner quelques secours à son misérable Ami : Il apprend que le sieur Camoire est à la Campagne, & que le sieur Gorse, son garçon, est allé passer la soirée dans une maison voisine : mon Fils ne connoît point cette maison : un Porteur de chaise du sieur Camoire s'offre pour l'y conduire ; ils y courent ; mais déjà le cadet Calas, qui étoit sorti après mon Fils, dans le même dessein, & avoit pris une autre route, avoit trouvé sur ses pas le sieur Gorse, & l'avoit emmené avec lui.

Pendant que mon Fils s'étoit occupé à retenir la Dame Calas dans sa Chambre, le sieur Calas pere & son Fils cadet avoient dépendu le

Corps de l'Aîné, & lui avoient ôté le fatal Licol. Quand Gorse arriva, la Mere fondant en larmes, tachoit de faire avaler à ce malheureux Fils quelque Eau spiritueuse, pour ranimer ses esprits ; mais Gorse, après avoir soigneusement examiné ce Corps, le trouva assez froid pour juger qu'il étoit mort depuis deux heures, ou plus, & il réconnut aussi aux empreintes de la Corde, qu'il avoit été pendu & étranglé : D'autres Personnes, qui étoient présentes, trouverent aussi que le Corps de Calas *étoit froid comme marbre*, & ils virent que quand la Mere lui ouvroit la Bouche, pour y faire entrer quelque goute d'eau, la Machoire inférieure se refermoit d'elle-même, *& comme par un ressort.*

Cependant mon fils, revenu de chez le sieur Camoire, vola aussi-tôt chez le sieur Cazeing, intime ami du sieur Calas, pour lui apprendre la mort du fils ; il y fut joint par Calas Cadet, qui le pria, de la part du pere, de taire pour l'honneur de cette Famille, le genre de mort de Calas aîné, ce que mon fils lui promit. Un troisieme fils du sieur Calas, plus jeune que les deux autres, & qui depuis quelque temps avoit embrassé la Religion Catholique, & quitté la Maison paternelle, suivit aussi mon fils, pour lui demander de quelle maniere son malheureux frere avoit péri, à quoi mon fils répondit, que c'étoit une chose affreuse, qu'il ne pouvoit pas alors lui dire : mon fils en usa ainsi, tant pour ne pas augmenter la peine du jeune Calas, en lui révélant inutilement ce secret funeste, que parce qu'il espéroit que le sieur Gorse auroit pû être à temps de secourir l'aîné Calas, & de le ramener à la vie.

Mon fils revint avec le sieur Cazeing chez le sieur Calas. Il y trouva le sieur Clausade, avec lequel on le pria d'aller chez un Assesseur de l'Hôtel-de-Ville, le requérir de se transporter sur les lieux, & y dresser son Verbal, pour constater la mort de l'aîné Calas, à l'effet d'obtenir le lendemain la permission de le faire enterrer. Permission qui étoit nécessaire, le défunt étant issu de parents nouveaux Convertis.

Sur cette priere, le sieur Clausade & mon fils vont, avec toute la diligence possible, chercher Me. Monier l'un des Assesseurs : ils reviennent avec lui, & trouvent la Maison du sieur Calas gardée par des Soldats du Guet, dont le sieur David, Capitoul, qui s'y étoit rendu, s'étoit fait accompagner.

La porte fut ouverte à Me. Monier ; mais l'entrée en fut refusée au sieur Clausade & à mon fils ; ce ne fut que sur leurs instances réitérées qu'elle leur fut permise. Alors le sieur Clausade entra dans la Boutique où étoit le Cadavre, & mon fils s'empressa de se rendre dans la Chambre de la Dame Calas, où elle étoit avec son mari, & leur second fils, pour leur témoigner la part qu'il prenoit à leur affliction : le sieur Cazeing étoit aussi avec eux, & partageoit leur douleur.

Cependant le sieur David Capitoul avoit fait appeller un Médecin & deux Chirurgiens, pour faire la visite du Cadavre & le rapport de son état.

Pour suivre les regles, le sieur David auroit dû dresser, sur le champ & sans déplacer, Procès-verbal de l'état du Corps mort, du lieu où le délit avoit été commis, & de tout ce qui pouvoit fervir pour la décharge ou conviction; ainfi que le porte *l'Art. 1. du Tit. 4. de l'Or-donnance de* 1670. Ce Verbal ne fut cependant dreffé par le fieur David, qu'après qu'il fe fut retiré, & qu'il fe fut rendu dans l'Hôtel-de-Ville.

Le fieur David fit feulement venir un Médecin & deux Chirurgiens, pour faire la vifite du Cadavre, & le rapport de fon état; mais ceux-ci ne drefferent eux-même leur rapport que le lendemain, & après que le Sr. David eut dreffé fon Verbal.

Pendant que le fieur David étoit dans la maifon, une nombreufe populace s'étoit attroupée dans la rue. Il partit une voix, criant que le fieur Calas avoit lui-même tué fon fils, en haine de ce qu'il devoit le lendemain faire une abjuration publique de la Religion Proteftante, & profeffion de la Catholique: les paradoxes les plus révoltans, les propos les plus abfurdes, le Peuple les croit quand la Religion s'y trouve mêlée. La voix ennemie qui accufoit le fieur Calas, paffe de bouche en bouche jufqu'au fieur David Capitoul, & au fieur Brive autre Capitoul qui étoit venu le joindre. Le fieur David trop crédule, & fans réfléchir fur le peu de vraifemblance d'une telle accufation, fans faire attention qu'elle étoit évidemment démentie par mille circonftances, telles que la douleur, ou pour mieux dire la défolation des parens, leur empreffément à donner du fecours à leur fils, leur invocation de la Juftice, fans confidérer la qualité de pere qui repouffe tout foupçon, méprifant l'avis du fieur Brive fon collégue, auquel il répond *qu'il prend tout fur fon compte,*

monte dans la chambre où étoient ces malheureux parens, leur servante & mon fils, & les
fait conduire à l'Hôtel de Ville où il fait tranf-
porter le cadavre.

Par cette démarche précipitée, le fieur
David donna de la confiftance à une folle accufation qui feroit tombée d'elle-même.

Les prifonniers ne furent pas plutôt dans
l'Hôtel de Ville qu'ils furent ouis d'office :
ils ignoroient, & pouvoient – ils l'imaginer,
qu'on leur imputât la mort de Calas : ils
croyoient qu'on ne les avoit menés à l'Hôtel
de Ville, qu'afin d'établir, par leur témoignage, que l'aîné Calas s'étoit défait lui-même ; ainfi uniquement occupés du foin de con-
ferver fa mémoire & l'honneur de famille, ils
dépoferent comme le fieur Calas pere l'avoit
defiré, qu'ils avoient trouvé le corps de l'aîné
Calas, étendu par terre dans le magafin.

Dès le matin du lendemain, le bruit que
l'aîné Calas avoit été mis à mort par fes parens en haine de fa prétendue converfion, fe
répandit dans toute la Ville. Le Peuple le
faifit avec avidité : les Sages gêmirent de
l'erreur où la Ville étoit jettée par un de fes
Magiftrats ; & ce Magiftrat, au lieu d'éteindre
le feu allumé par fon imprudence, s'applau-
dit d'un fuccès qui fembloit la juftifier.

Les prifonniers furent écroués ; mon fils &
la fervante le furent avec les autres ; quoiqu'il n'y eût ni pût y avoir contre ceux-ci,
ni indice ni foupçon, & que le Peuple tout
tout prévenu qu'il étoit, n'accufât que les
Calas.

Cette écroue apprit aux prifonniers qu'on
les regardoit comme auteurs de la mort de

l'aîné Calas. Ils ne s'occuperent plus du soin de sa mémoire ; un intérêt plus important, la conservation de leur vie, de leur honneur & de celui de leurs familles, fit évanouir tout autre intérêt. Dans l'interrogatoire qu'ils prê- terent après l'écroue, ils ne cacherent plus rien, & ils avouerent unanimément qu'ils avoient trouvé Calas pendu.

Les bruits qu'on avoit répandus sur la mort de Calas, étoient dans toute leur force. Leur atrocité par tout reçue, par-tout repé- tée, sembloit annoncer que les informations feroient des plus concluantes : il y a cependant lieu de croire qu'elles ne fournirent aucune preuve, puisqu'on imagina de là chercher dans la publication d'un Monitoire.

Que n'aurois-je pas à dire sur ce Monitoire ? De quel œil la Cour toujours juste verra- t'elle, qu'aucun des chefs qui le composent ne tend à découvrir si Calas ne s'étoit pas défait lui-même ; qu'on y part de ce fait, que Calas avoit été étranglé & mis à mort par suspension ou par torsion, en conséquence d'une Délibe- ration prise le même jour dans une maison de la Paroisse de la Daurade, & que son unique objet est moins de découvrir les auteurs de ce crime imaginaire, que de trouver des indices contre de malheureux parens.

L'article qui concerne mon fils est conçu en ces termes : » Contre tous ceux qui savent, qu'il » arriva de Bordeaux la veille du 13. un jeune » homme de cette Ville qui n'ayant pas trouvé » des chevaux pour aller joindre ses parens » qui étoient à leur campagne, ayant été arrê- » té à souper dans une maison, fut présent, » consent ou participant à l'action. » Je démontrerai bientôt que fi les Capitouls avoient été moins prévenus, cet article de leur Monitoire auroit dû leur fuffire pour la pleine juftification de mon fils.

La publication du Monitoire n'étoit pas encore achevée, & il étoit par conféquent indécis fi l'aîné Calas étoit décédé Catholique ou Proteftant, & s'il avoit été tué ou s'il s'étoit défait lui-même, quand le Subftitut de M. le Procureur Général fit rendre, par deux Capitouls & un Affeffeur, une Ordonnance, portant que le Cadavre feroit par provifion inhumé en Terre Sainte : le Curé de la Paroiffe St. Etienne, fur laquelle Calas habitoit & étoit mort, ne confentit qu'avec beaucoup de peine à l'exécution de cette Ordonnance ; il ne fe rendit qu'aux affurances que lui donna Me. Lagane, que la Procédure établiroit clairement l'orthodoxie de Calas, & qu'il ne s'étoit pas lui-même donné la mort.

Cet Enterrement fut fait par les foins des Capitouls, un jour de Dimanche à trois heures après-midi, avec une pompe extraordinaire. Plus de quarante Prêtres affifterent au Convoi, de même que les Pénitens Blancs, quoique Marc-Antoine Calas ne fût pas de leur Confrairie.

Autant que ce fpectacle plut aux yeux du Peuple, autant il fcandalifa les perfonnes véritablement pieufes, & dont l'imagination n'avoit pas donné fi facilement créance à des bruits populaires, dépourvus de toute apparence.

Quelques jours après, les Pénitens Blancs en donnerent un autre plus propre encore que le premier à échauffer les efprits : ils firent célébrer, dans leur Chapelle, un Service pour l'Ame du Défunt, où tous les Ordres Religieux

&

de cette Ville, invités, dit-on, n'affistèrent que par députés : l'Eglife étoit tendue de blanc: & au milieu s'élevoit un magnique Catafalque, fur lequel on voyoit, non une Statue repréfentant le Défunt, mais un Squélette humain, pris on ne fçait où, tenant un papier dans une main & dans l'autre une plume ; felon les uns, pour marquer qu'il étoit prêt à figner fon Abjuration ; & felon les autres une palme, pour fignifier qu'il étoit Martyr de la Religion Catholique qu'il avoit embraffée.

Il fut fait le lendemain un pareil Service pour Calas, dans l'Eglife des Cordeliers de la Grande Obfervance. Les Capitouls voyoient tout cela : & leur filence marquoit leur approbation.

Les deux Capitouls & l'Affeffeur qui ordonnèrent l'Enterrement de Calas, préjugèrent néceffairement par leur Ordonnance qu'il s'étoit véritablement converti, & qu'il ne s'étoit pas détruit lui-même. Ils fe rendirent donc évidemment récufables pour le Jugement du fonds, l'accufation étant principalement fondée, fur ces deux points, que Calas avoit été tué par fes Parens, & l'avoit été en haine de fa converfion.

D'un autre côté, les confrontations des Accufés entr'eux ayant été mal-faites, furent caffées : nouveau moyen de récufation contre les Capitouls & l'Affeffeur qui les avoient faites. Mais malgré cela, ces mêmes Juges entreprirent de les refaire : & qui pis eft, ils ne fe récufèrent pas lorfqu'il fut queftion de rendre la Sentence définitive, quoique, fuivant l'Ordonnance, le Juge qui fçait des caufes valables de récufation en fa perfonne, foit tenu d'en faire la déclaration fans attendre que les caufes de récu-

C

fation foient propofées ; ce qui doit fur-tout avoir lieu en Matiere Criminelle, attendu que les Accufés n'ayant aucune connoiffance de la Procédure, ne peuvent qu'ignorer les moyens de récufation pris des irrégularités qu'elle renferme.

Il ne paroît pas douteux qu'on ne pût relever, contre quelques-uns de ces mêmes Juges, des moyens de récufation encore plus forts & d'une plus grande conféquence. Mais ne voulant rien hafarder, je n'emploie que ceux dont la vérité eft inconteftable.

Quelle Sentence pouvoit-on attendre de la part de Juges qui avoient montré tant de prévention ? Elle fut rendue le 18 du mois de Novembre, à cinq heures de relevée. On la connoît par la prononciation qui en fut faite, fur le champ, aux Accufés. Elle condamne Calas pere, fa Femme & leur fecond Fils, à être appliqués à la Queftion ordinaire & extraordinaire ; & mon Fils & la Servante, à être préfentés à la Queftion ordinaire. Efpaillac, Garçon Perruquier, un des témoins, eft, dit-on, décrété de prife de corps pour avoir dit, à trois Freres Tailleurs, des chofes qu'il n'avoit pas dites dans fa dépofition.

Cette injufte Sentence, qui fait foupçonner mon Fils d'avoir été complice d'un crime énorme, m'a plongé dans la plus grande douleur : Et parmi ceux qui compofent ma Famille & les Familles qui y tiennent, il n'eft perfonne qui n'aimât mille fois mieux mourir, que de voir notre vie flétrie d'une pareille tâche. Les allarmes de mon malheureux Fils furent bien plus grandes. En lui prononçant la Sentence, le Greffier, fuivant l'ufage, fupprima le mot *pré-*

senté, ce qui lui fit penser qu'il étoit condamné à la Question ordinaire. Il m'écrivit au moment même ce qu'il croyoit avoir entendu. Sa Lettre, où son innocence, son malheur, & sa résignation aux Décrets de la Providence, étoient peints avec des traits qui me découvroient des qualités bien supérieures à celles que je lui avois connues, me firent verser, de même qu'à tous ceux de ma Famille, un torrent de larmes.

Un autre Billet de sa main m'apprit, qu'aussitôt que la Sentence lui eut été lue, le Substitut de M. le Procureur Général, en lui faisant mettre les fers aux pieds, l'avoit traité comme un scélérat convaincu. Ce fut un attentat de cet Officier. Mon Fils étoit, par son appel, affranchi de la Jurisdiction des Capitouls. La Cour elle seule étoit en droit de le mettre aux fers, suivant la disposition formelle de l'art. 19 du tit. 13 de l'Ordonnance de 1670. D'ailleurs une Sentinelle qui se relevoit d'heure en heure, rendoit cette précaution bien inutile : & mon Fils se confioit trop en son innocence, pour la rendre équivoque par une évasion des Prisons, quand une évasion auroit été possible.

Je souhaitai de voir mon Fils, pour le consoler dans ce surcroît de tribulations, ou que du moins la permission en fût accordée à ma Femme ou à mes Filles. Mais je sollicitai inutilement cette grace ; mon Fils, gardé par deux Soldats, gémit encore sous le poids de ses chaînes : & il n'est permis ni à moi ni à aucun de ma famille de le voir.

Tant de rigueur, je l'avoue, n'a pû que porter quelque trouble dans mon ame. Mais l'innocence évidente de mon Fils ranime ma fermeté : & la Justice de la Cour, toujours exempte de paffions, acheve de me raffurer.

Oui, ce Fils eft innocent : la Cour vengera fon injure : & je pourrai defcendre au tombeau, fans ignominie, comme l'ont fait mes peres.

Pour prouver fon innocence, il faut d'abord fe fixer fur l'Accufation.

Je ne connois ni le Verbal des Capitouls, ni la Plainte du Subftitut de M. le Procureur Général ; mais les Chefs du Monitoire qui doivent y être relatifs, montrent affez ce que ces deux Pieces peuvent contenir.

Voici les propres termes du Monitoire.

» 1°. Contre tous ceux qui fçauront, par oui
» dire ou autrement, que le fieur Marc-Antoine
» Calas, Aîné, avoit renoncé à la Religion pré-
» tendue reformée, dans laquelle il avoit reçu
» l'éducation ; qu'il affiftoit aux Cérémonies de
» l'Eglife Catholique, Apoftolique & Romaine ;
» qu'il fe préfentoit au Sacrement de Pénitence,
» & qu'il devoit faire abjuration publique après
» le treize du préfent mois d'Octobre ; & contre
» tous ceux auxquels Marc-Antoine Calas avoit
» découvert fa Réfolution.

» 2°. Contre tous ceux qui fçauront, par oui
» dire ou autrement, qu'à caufe de ce change-
» ment de croyance, le Sieur Marc-Antoine
» Calas étoit menacé, maltraité & regardé de
» mauvais œil dans fa Maifon ; que la Perfonne
» qui le menaçoit, lui a dit que s'il faifoit Abjura-
» tion publique, il n'auroit d'autre Bourreau que
» lui.

» 3°. Contre ceux qui fçavent, par oui dire ou
» autrement, qu'une Femme, qui paffe pour at-
» tachée à l'Héréfie, incitoit fon Mari à de pa-
» reilles menaces, & menaçoit elle-même Marc-
» Antoine Calas.

»4°. Contre tous ceux qui ſçavent par ouï dire
»ou autrement, que le treize du mois courant au
»matin, il se tint une Délibération dans une Mai—
»ſon de la Paroiſſe de la Daurade, où la mort de
»Marc-Antoine Calas fut réſolue ou conſeillée, &
»qui auront, le même matin, vu entrer ou ſortir de
»ladite Maiſon un certain nombre deſdites Per—
»ſonnes.

»5°. Contre tous ceux qui ſçavent, par ouï
»dire ou autrement, que le même jour treize du
»mois d'Octobre, depuis l'entrée de la nuit juſ-
»ques vers les dix heures, cette exécrable Dé-
»libération fut exécutée en faiſant mettre Marc-
»Antoine Calas à genoux, qui, par ſurpriſe ou
»de force, fut étranglé ou pendu avec une Corde à
»deux nœuds coulans oubaguelles, l'un pour étran-
»gler, & l'autre pour être arrêté au billot, ſer-
»vant à ſerrer les balles, au moyen deſquels
»Marc-Antoine Calas fut étranglé & mis à mort
»par ſuſpenſion ou par torſion.

»6°. Contre tous ceux qui ont entendu une
»voix, criant à l'Aſſaſſin, & de ſuite, ha! mon
»Dieu, que vous ai-je fait? Faites-moi grace,
»la même voix étant devenue plaignante, & di-
»ſant, ha! mon Dieu, ha! mon Dieu.

»7°. Contre tous ceux auxquels Marc-An-
»toine Calas auroit communiqué les inquié-
»tudes qu'il eſſuyoit dans ſa Maiſon, ce qui le
»rendoit triſte & mélancolique.

»8°. Contre tous ceux qui ſçavent qu'il arriva
»de Bordeaux, la veille du treize, un jeune
»Homme de cette Ville, qui, n'ayant pas trouvé
»des Chevaux pour aller joindre ſes Parens,
»qui étoient à leur Campagne, ayant été arrêté
»à ſouper dans une Maiſon, fut préſent, con-
»ſent ou participant à l'Action.

» 9°. Contre tous ceux qui sçavent, par ouï
» dire ou autrement, qui sont les Auteurs, Com-
» plices, Fauteurs, Adhérans de ce Crime, qui
» est des plus détestables.

» Enfin, contre tous Sçachans & non Revelans
» les faits ci-dessus, circonstances & dépen-
» dances.

» Au Parquet, &c.

De tous ces chefs de Monitoire combinés &
réunis, il resulte que le sieur Calas, sa femme, leur second fils & leur servante, sont accusés d'avoir pendu ou étranglé Marc-Antoine
Calas, après l'avoir fait mettre à genoux, en
conséquence d'une Délibération prise le même
jour dans une maison de la Paroisse de la Daurade, en haine de ce que ce jeune homme
avoit renoncé à la Religion prétendue reformée,
& de ce qu'il devoit en faire une abjuration
publique ; qu'on impute au sieur Calas pere
d'avoir dit à son fils aîné, que s'il faisoit abjuration publique, il n'auroit d'autre bourreau
que lui, & à la Dame Calas d'avoir incité son
mari à de pareilles menaces, & d'avoir elle-
même menacé son fils ; qu'à cause de ces mé-
naces on les a regardés comme les principaux
auteurs de sa mort & les exécuteurs de la prétendue Délibération ; & qu'enfin, en convenant que mon fils n'étoit arrivé de Bordeaux
que la veille, qu'il avoit cherché des chevaux pour venir me joindre à la campagne,
qu'il n'en avoit pas trouvé, & qu'il avoit été
retenu à souper chez le sieur Calas, on veut
qu'il ait été présent, consent ou participant à
l'action la plus horrible, la plus atroce &
la plus incroyable.

Telle est l'accusation que je me propose de

combattre. Je n'envisage que l'intérêt de mon fils ; heureusement cet intérêt s'accorde avec celui de la vérité ; mon unique objet est de prouver, qu'il n'est pas coupable ; la seule idée qu'il est accusé & qu'il faut le justifier, m'accable & me fait frémir.

La cause de mon fils peut être sans contredit séparée de celle des Calas. Mais telle est la fatalité des circonstances, l'enchaînement des faits & la nature de l'accusation, que je suis forcé pour rendre complette la défense de mon fils, d'examiner cette accusation dans toutes ses parties, d'entrer dans le fonds des choses, de les éclaircir, de dissiper le prestige qui les dénature, & l'erreur qui pourroit les présenter sous un aspect défavorable à mon fils. Si l'on ne peut pas assurer que la mort de Marc-Antoine Calas ait été l'ouvrage de ses parens, l'innocence de mon fils n'aura pas besoin d'autre preuve, l'ombre même de soupçon sera dissipée. Mais quand il seroit possible d'attribuer la mort de Calas à ses parens, leur crime ne seroit pas celui de mon fils : & l'on ne pourroit pas lui imputer d'y avoir ni consenti, ni participé : son innocence n'en seroit pas moins évidente.

C'est là ce que je dois prouver. Pour remplir ce plan, j'examinerai donc en suivant tous les points sur lesquels porte l'accusation,

1°. S'il est prouvé que Marc-Antoine Calas avoit véritablement renoncé à la Religion prétendue reformée, & s'il devoit en faire une abjuration publique après le 13. d'Octobre jour de sa mort : ces deux choses ne doivent pas être séparées ; car suivant le Monitoire, le sieur Calas pere n'avoit menacé son fils d'être son bourreau, qu'au cas qu'il fît une abjuration publique.

2°. S'il fut fait le matin du 13. Octobre, dans une maison de la Paroisse de la Daurade, une Assemblée dans laquelle la mort de Marc-Antoine Calas fut déliberée.

3°. S'il conste que Marc-Antoine Calas ait été étranglé & mis à mort par suspension ou par torsion, ou s'il n'est pas plus apparent & mieux prouvé, qu'il s'est pendu & détruit lui-même.

4°. Si en supposant qu'il ait été pendu ou étranglé par d'autres que lui-même, sa mort ne devroit pas être imputée à des voleurs ou à des ennemis cachés plutôt qu'à son pere, sa mere & son frere.

5°. Enfin si dans le cas même où il seroit prouvé que les parens de Calas aient été les auteurs de sa mort, mon fils n'en seroit pas moins à l'abri de tout soupçon de complicité.

Je vais examiner toutes ces questions avec la précision que peuvent me permettre la brié-veté du temps & ma triste situation.

§. I.

Est-il prouvé que Marc-Antoine Calas eût renon-cé à la Religion prétendue reformée, & qu'il dût en faire une abjuration publique après le 13. du mois d'Octobre dernier ?

Je n'ai aucune connoissance de l'Information qui a été faite ; je ne puis donc sçavoir les preu-ves ou les indices qu'on peut y trouver de la conversion de Marc-Antoine Calas, & de l'ab-juration qu'on prétend qu'il devoit faire de la Religion prétendue reformée. Je sçais seule-ment

ment par le bruit qui s'en est répandu dans le Public, que quelques témoins ont déposé avoir vû Antoine Calas aller à la Messe, d'autres l'avoir vû dans des Confessionnaux, d'autres avoir appris de lui qu'il devoit faire abjuration de la Religion prétendue reformée le 14. du mois d'Octobre, qui fut le lendemain de sa mort, & faire ce même jour sa premiere Communion.

J'observe sur tout cela, que Marc-Antoine Calas avoit étudié en Droit & pris le Grade de Bachelier, & qu'il auroit depuis deux ans pris celui de Licencié pour être reçu Avocat en la Cour, si l'impossibilité où il se trouva de rapporter un Certificat de Catholicité ne l'avoit empêché d'être admis à faire son Acte pour la Licence ; si ces faits étoient contestés, on en trouveroit la preuve dans les Registres de l'Université ; & Me. Lagane, Substitut de M. le Procureur Général, sçait bien lui-même, qu'ils pourroient être attestés par le sieur Vaissiere, qui avoit préparé Marc-Antoine Calas pour son Acte de Licence : ils pourroient l'être encore par le sieur Curé de St. Etienne, qui refusa à Calas le Certificat de Catholicité.

Cette observation est sans doute plus que suffisante, pour rendre au moins très-suspects & très-équivoques, tous ces Actes de Catholicité qu'on prétend avoir vû faire à Marc-Antoine Calas : on l'a vû à la Messe, &, selon les apparences, il n'y alloit que pour qu'on le vît ; il vouloit se procurer des témoins, sur la foi desquels il pût surprendre la Religion de son Curé, & avoir de lui le Certificat sans lequel il ne pouvoit obtenir le Grade de Licencié, ni être reçu Avocat.

D

Quand il fe feroit préfenté , même plufieurs fois , au Tribunal de la Pénitence , il ne l'auroit fait que dans la même vûe , d'autant mieux que les Proteftans n'ont jamais condamné la Con-feffeffion , ils lui refufent feulement la qualité de Sacrement , & prétendent que l'ufage en doit être libre.

Toute la Ville fçait d'ailleurs , que parmi un grand nombre de Confeffeurs qu'on a donnés à Calas , il ne s'en eft pas trouvé un feul, de ceux qu'on a voulu faire ouir , qui n'ait déclaré ne l'avoir jamais entendu en Confeffion ; s'il y en avoit eu quelqu'un , on ne fçauroit douter que la crainte des Cenfures Eccléfiaftiques ne l'eût obligé de déférer au Monitoire. S'il eft donc vrai, comme on le prétend , qu'il ne fe foit trouvé aucun Prêtre qui ait dépofé avoir con-feffé Calas , il s'enfuivra qu'il ne s'eft jamais confeffé ; que deviendra donc fa prétendue Ca-tholicité ?

Si Calas ne s'eft jamais confeffé , il ne feroit donc pas vrai qu'il dût le 14. du mois dernier faire une abjuration publique de la Religion prétendue reformée , & recevoir pour la pre-miere fois la Communion. On ne reçoit les nouveaux Convertis à ces actes authentiques, par lefquels on les reconnoît Enfans de l'E-glife , & on les fait participer au Sacrement de l'Euchariftie, qu'après de longues épreuves, & qu'on s'eft affuré de la pureté de leurs fentimens & de la fincérité de leurs promeffes. Il faudroit donc que Marc – Antoine Calas, pour qu'il eût pû faire fon abjuration & fa pre-miere Communion, y eût été préparé par les inftructions de quelque Directeur ; qu'il fe fût fouvent préfenté au Tribunal de la Pénitence;

qu'il eût reçu l'absolution de ses péchés, & que son Curé instruit de tout cela, & ne doutant plus de sa conversion, de sa foi & de sa persévérance, eût promis de le recevoir à la Sainte Table, & lui eût assigné le jour pour recevoir son abjuration publique. Mais pourquoi donc le Substitut de M. le Procureur Général & les Capitouls, ont-ils négligé de faire ouir le sieur Curé de St. Etienne, le seul témoin qui pouvoit être instruit, & déposer de ce fait important & principal, le fondement unique d'une accusation qui fait frissonner la nature ?

Que ce vertueux Ecclésiastique soit entendu ou consulté, il attestera, j'en suis certain, qu'il refusa, il y a environ dix-huit mois, un Certificat de Catholicité à Marc-Antoine Calas, & que depuis il ne l'a plus revu & n'a plus entendu parler de ce prétendu proselyte.

Et comment Marc-Antoine Calas auroit-il pû dire le 13. Octobre, qu'il devoit le lendemain faire une abjuration publique de la Religion prétendue reformée, & être admis à sa premiere Communion : il avoit passé une grande partie du jour au jeu de peaume ou à celui du billard ; est-ce ainsi qu'il se seroit préparé à recevoir le Sacrement le plus auguste ? Est-ce là la ferveur d'un Néophite ?

Enfin on assure que des témoins ont formellement déposé, que Marc-Antoine Calas, loin d'avoir abandonné la Religion prétendue reformée y étoit opiniâtrement attaché. On ajoute même, qu'un de ses amis, qu'un Avocat a témoigné que Marc-Antoine Calas un mois avant sa mort, un mois avant sa prétendue abjuration, lui avoit fait confidence d'un projet d'aller à Geneve, de s'y faire recevoir Miniftre, & de venir enfuite prêcher les Religionnaires de ce Royaume, à quoi celui-ci répondit : *mon cher, c'eſt un mauvais mêtier, qu'un mêtier qui mene à la potence.*

S'il eſt vrai que la Procédure ne fourniſſe aucun témoin Eccléfiaſtique ou Laïque, qui ait Inſtruit Mar-Antoine Calas, ou feulement qui ait fait avec lui des converſations fuivies fur la Religion ; fi parmi fes Livres & fes Papiers, il ne s'en eſt trouvé aucun fur cette Matiere, comment y a-t-il pu avoir des Témoins qui aient pu dépofer qu'il devoit abjurer pareillement le lendemain du jour où il eſt mort ? Ne feroit-ce pas manquer de refpect pour la Religion, que de la faire entrer dans le Jugement d'une Accufation qui peut en être indépendante, & la faire fervir à accréditer des préfomptions qu'elle condamne ?

§. I I.

Eſt-il vrai que le matin du 13. Octobre, il ait été fait dans une maiſon de la Paroiſſe de la Daurade, une Aſſemblée où la mort de Marc - Antoine Calas fut délibérée ?

On a vû, dans tous les temps, ceux qui profeſſent une Religion différente de la Religion dominante, expofés aux calomnies les plus groſſieres. Quels crimes n'ont-ils pas été imputés aux premiers Chrétiens ? Mais on n'avoit pas encore vu le zele fe porter à imaginer, que dans une Aſſemblée de Religion, on avoit délibéré qu'un fils feroit aſſaſſiné par fon pere, fa mere, fon frere, en haine de la Communion où il devoit entrer ; cette atrocité reſervée à notre ſiecle, & propre à le deshonorer dans les ſiecles à venir, ne ſembloit faite que pour la lie du peuple, & paroît pourtant dans un Monitoire, dans la Capitale d'une Province, & ſous les yeux d'un Parlement. On ſeroit tenté de penſer, que les Capitouls n'auroient pas haſardé de charger leur Monitoire, d'un Chef de cette nature, qui lui donne les apparences d'un Libelle ſéditieux, ſi ce Chef ne leur avoit été dénoncé. Perſonne n'ignore, que ſi ceux de la Religion prétendue reformée, différent des Catholiques ſur quelques points de Doctrine, ils ne différent en rien ſur la Morale. Il n'eſt même aucune Secte, qui jamais ait autoriſé les peres à donner la mort à leurs enfans pour les punir d'un changement de Religion. Il ne ſe trouvera donc, il eſt donc impoſſible qu'il ſe trouve dans la Procédure, aucun témoin d'une telle Délibération ni d'une telle Aſſemblée : voilà pourtant l'abſurdité qu'il a fallu imaginer & publier, pour accréditer le complot imputé aux Accuſés.

§. I I I.

Conſte-t-il que Marc-Antoine Calas ait été étranglé & mis à mort par ſuſpenſion ou par torſion ? N'eſt-il pas plus apparent qu'il s'eſt pendu & détruit lui-même ?

Voici ce qu'on peut dire pour la juſtification de Marc-Antoine Calas.

Il n'eſt pas à préſumer qu'un homme ſe tue lui-même, & moins encore qu'il ſe tue ſans ſujet ; on ne peut donc pas croire que Calas, qui étoit à la fleur de son âge, n'ayant que 28 à 29 ans, à qui l'on ne connoissoit aucun chagrin, & qui n'avoit éprouvé aucune disgrace, se soit porté à se donner la mort.

Il y a, dit-on, des Témoins, qui ont entendu ses Cris & ses Plaintes, quand on le tuoit. Quelle meilleure preuve qu'il ne s'est pas détruit lui-même, & qu'il a péri par des mains ennemies?

On a d'ailleurs répandu dans le Public, tantôt que la porte sur les battants de laquelle étoit posé le billot auquel son Corps étoit suspendu, étoit trop élevée, tantôt qu'elle étoit trop basse pour qu'il ait pû s'y pendre. Il ne s'est trouvé, dit-on, dans le Magasin du sieur Calas, ni chaise ni tabouret, qui ait pu lui servir pour cela. Le Billot, qui n'a que quatre pams & demi étoit trop court pour pouvoir porter sur les deux battans d'une Porte, qui a cinq pams de largeur. La corde, dont il fut étranglé, avoit un nœud coulant à chaque bout, il fut serré de ce double nœud; & cette Corde n'ayant que six pams ou environ de longueur, il n'est pas possible qu'après l'avoir passée sur le Billot, Marc-Antoine Calas ait pû passer sa tête dans chacun de ses nœuds pour les ajuster à son col. Les battans de la Porte ayant perdu de leur *aplomb* par le relâchement des gonds ou des pentures, le dessus de ces battans n'est pas dans un exact niveau, ce qui fait que le Billot posé sur ces battans, en les raprochant, n'y tient qu'à peine, & tombe à la moindre secousse; d'ailleurs, l'impression de la Corde, qui étoit horisontale, démontrant que Calas avoit été étranglé par torsion & non par suspension, il y a impossibilité physique qu'il se soit pendu lui-même.

Telles font les raifons que l'on fait valoir, dans les cercles, dans les places publiques, dans les jeux de billard & dans les converfations particulieres, pour fauver la mémoire de Calas de la flétriffure ; ne peut-on pas les combattre par des raifons auffi probables ?

Mon deffein n'eft pas d'accufer la mémoire de Calas ; mais il paroît néceffaire pour la défenfe de mon Fils, d'oppofer aux argumens, pris de l'impoffibilité du Suicide, les argumens pris de la poffibilité, à des probabilités, des probabilités contraires & d'un grand poids. Peut-être la Procédure, fi elle m'étoit connue, m'en fourniroit elle-même de plus puiffantes, mais on n'en a publié que ce qui tendoit à la charge des Accufés. Tout ce qui peut fervir à leur décharge a été couvert du voile le plus épais.

On ne préfume pas aifément qu'un homme fe détruife lui-même, mais ce crime n'eft pas fort rare : il eft à la vérité moins fréquent dans ce Royaume, où les mœurs font plus douces que chez une Nation voifine.....

Qu'entends-je, jufte Ciel ! ..... on juge mon Fils : je n'ai pas la force de continuer.... je fuccombe.... Lavayffe, mon cher fils ! arme-toi de courage. Achève la défenfe d'un Frere innocent.

J'obéis à mon pere. Avec auffi peu d'expérience, le Difciple remplira-t-il le plan formé par le Maîttre ? Que je te plains, mon cher Frere, d'avoir ta défenfe en des mains fi foibles. Le zele fuppléera-t-il aux talens ?

Dans cette Nation voifine, comme le remarque M. de Montefquieu, les Habitans fe tuent fans qu'on puiffe imaginer aucune raifon qui les y détermine : ils fe tuent même dans le fein même du bonheur, & cela par l'effet d'une maladie qui tient à l'État phyſique de la Machine, & eſt indépendante de toutes autre cauſe. Cependant il n'eſt point d'année qui, dans Toulouſe même, ne nous fournniſſe quelque nouvel exemple de ces accidens : d'ailleurs la Dame Calas née à Londres, comme il paroît par ſon Extrait Baptiſtaire qui eſt entre les mains des Capitouls, avoit pu tranſmettre à Marc-Antoine Calas ſon fils, ce caractere ſombre, ce ſang mélancolique propre à la Nation Angloiſe, & peut-être tout le germe du Suicide.

Il paroit par le langage uniforme des accuſés, qu'ils ont vu Marc-Antoine Calas pendu entre les batans de la porte du Magaſin. Le ſieur Gorce, Chirurgien, qui le premier vérifia le corps de ce malheureux, trouva par l'impreſſion que la corde avoit faite ſur le cadavre, qu'il avoit été pendu. Le Médecin & les Chirurgiens qui en firent la viſite par ordre du Sieur David, Capitoul, doivent avoir dit la même choſe dans leur Relation. L'empreinte de la corde a été examinée par tous ceux qui eurent la curioſité de voir le cadavre ; & on ne peut la révoquer en doute.

Un ſecond fait auſſi conſtaté que le premier, c'eſt qu'immédiatement après les cris que le peuple entendit, & ſur leſquels il s'atroupa devant la maiſon du ſieur Calas, le cadavre étoit à un point de froideur qui le fit juger par le ſieur Gorce, mort depuis deux heures. Ce fait eſt encore atteſté par des amis du défunt, qui l'examinerent dans le même inſtant, le trouverent froid comme marbre, & dirent que lorſque la mere, toute éplorée, voulut lui faire avaler quelques gouttes d'eau, la bouche ſe ferma comme un reſſort.

Tous

Tous ceux qui ont vu le cadavre atteſtent un troiſieme fait, inféré ſans doute dans la Relation du Médecin & des Chirurgiens ; c'eſt qu'il n'avoit nulle marque de violence exercée contre lui, nulle meurtriſſeure, nulle égratignure, & que l'on n'y trouvoit abſolument, que l'impreſſion d'une corde, qui prenoit la partie antérieure du cou, paſſoit derriere les oreilles & alloit ſe joindre preſqu'au ſommet de la tête.

Maintenant réuniſſez ces circonſtances : & peſez s'il n'eſt pas vraiſemblable que Marc-Antoine Calas s'eſt donné la mort. Un jeune homme âgé de 28 ans, adroit & robuſte comme il l'étoit, ſe feroit-il laiſſé pendre & étrangler ſans aucune réſiſtance ? Non ſans doute. Les forces ſous leſquelles il auroit ſuccombé, auroient laiſſé des impreſſions indubitables. Plus ces forces auroient été vives & plus les marques en auroient été apparentes.

Mais, dit-on, Marc-Antoine Calas a crié : on a entendu ſes plaintes lorſqu'on le tuoit. Il a crié, il en a eu la force, il en a eu le temps ; & il n'aura pas eu le temps, il n'aura pas eu la force de faire la moindre réſiſtance ! il aura appellé du ſecours, & ne ſe ſera point débattu ! Il ſe feroit débattu ſans doute ; mais où ſont les marques, les contuſions, les égratignures, en un mot les Témoins muets qu'il a été forcé à ſe débattre.

D'ailleurs l'heure où ces cris furent entendus eſt fixée par les Témoins. Ce fut à neuf heures & demie ou trois quarts ; ce fut un moment avant que mon frere ne ſortît pour appeller le Chirurgien ; ces cris n'étoient pas partis du Cadavre qui fut trouvé froid à dix heures par

E

le fieur Gorce, & jugé par lui mort depuis deux heures.

D'où venoient donc ces cris ? de mon frere, du cadet Calas, du fieur Calas pere, de la Dame Calas & de la Servante, quand ils apprirent, quand ils virent ce malheur.

Mais Marc-Antoine Calas a-t-il pu fe pendre à la porte du magafin ? N'y a-t-il pas impoffibilité phyfique qu'il l'ait fait ?

Le langage univoque des Accufés, démontre la poffibilité de ce fait ; il femble même en démontrer l'exiftence. Rien n'a empêché M. Antoine Calas de fe pendre : tout l'a fervi.

La porte qu'on difoit d'abord être trop baffe, étoit plus haute que Marc-Antoine Calas de plus d'un pam. Plufieurs chaifes baffes, placées, dans la boutique ; deux ballots de marchandifes fitués aux côtés de la porte dans le magafin, peuvent l'avoir aidé à s'élever, pour mettre fur les battans de la porte le billot qui tenoit la corde. Par-là tombe évidemment l'objection prife contre le Suicide, de la trop grande ou trop petite hauteur de la porte : car telle a été la calomnie, que pour s'accommoder aux faits, elle a non-feulement varié, mais encore s'eft toujours contredite en variant.

Le billot de la groffeur de la jambe eft long de quatre pams & demi, la porte eft large de cinq pams. Faut-il beaucoup en rapprocher les battans, pour que le billot puiffe avoir été appuyé de chaque bout. Deux pouces & demi de chaque côté diminueront-ils l'efpace à ce point, que Marc-Antoine Calas, n'en ait pas eu affez pour fe pendre, lui qui avoit eu la précaution de quitter fon habit dont les pans auroient pu le gêner.

Le poids du corps suffiroit pour assujettir les battans de la porte, sur lesquels le billot étoit posé : Mais ces battans traînent de plus sur le sol, roulent très-difficilement sur les pentures, & par-là sont d'eux-mêmes fixes & presque immobiles.

On a voulu tirer de ce dernier fait, la conséquence que M. A. Calas n'avoit pas pu se pendre, parce, dit-on, que les battans ayant perdu leur *aplomb*, leurs extrêmités supérieures se trouvent en plan incliné, par où le billot n'a pu recevoir aucun assujettissement. Mais ce plan incliné, qui n'est pas, peut-être, de deux lignes, que pouvoit-il faire ? quel mouvement pouvoit-il donner au billot assujetti par le poids d'un homme, sur-tout ce billot étant applati par un de ses bouts.

D'ailleurs les Verbaux des Capitouls, qui ont fait l'office d'experts en vérifiant les lieux, doivent avoir dit, qu'il y avoit nombre de ficelles sur les battans de la porte. Or une seule auroit suffi pour fixer le billot, quand le poids du corps n'auroit pas suffi pour en empêcher le roulement.

La corde a, dit-on, cinq pams & demi au moins de longueur d'un nœud à l'autre. Si l'on en distrait deux fois la largeur du cou d'un homme, & qu'on mesure ensuite le reste, on verra qu'il est plus que suffisant pour faire même plusieurs tours, sur un billot tel que celui dont Marc Antoine Calas a fait usage.

Personne, dit-on encore, ne comprend comment Marc-Antoine Calas a pu se mettre la corde au cou, après l'avoir attachée au billot, ni comment il a pu se pendre ? Est-il donc bien difficile de s'imaginer un homme qui

paſſe la tête dans deux nœuds coulans, les reſ-
ſerre enſuite pour les rapprocher du cou, en-
toure un billot au reſte de la corde, monté ſur
une chaiſe, poſe le billot ſur les battans de la
porte affermie, ſe prend à ce billot avec les
mains, rejette loin de lui la chaiſe d'un coup
de pied, quitte le billot, ſe laiſſe aller & ſe
pend. Telle peut-être a été la maniere dont
Marc-Antoine Calas s'eſt donné la mort : s'il
y eſt parvenu par d'autres moyens, par l'entre-
miſe d'autres circonſtances, c'eſt ce qu'il importe peu d'approfondir. Il ſuffit qu'on l'ait vu
pendu, & qu'il ſoit poſſible qu'il ſe ſoit pendu
lui-même.

L'impreſſion de la corde démontre que Marc-
Antoine Calas a été pendu & non billoté, &
fait tomber en même-temps ce bruit abſurde
qu'il avoit été billoté & puis pendu par les accuſés, afin qu'on ne pût imputer ſa mort qu'à
lui-même.

Si Calas avoit été billoté & puis pendu, on
auroit trouvé ſur ſon corps deux impreſſions
différentes, l'une de la corde qui auroit ſervi à
le billoter, l'autre de celle qui auroit ſervi à
le pendre. La premiere auroit été marquée
dans toute la circonférence du cou, dans une
ligne horiſontale. La ſeconde n'auroit été que
la même qu'on y a trouvée. Celle-là auroit été vive pénétrante dans les chairs.
Celle-ci, faite par le ſeul poids du corps & ſur
un corps déjà mort, ſeroit moins enflamée ;
c'eſt ce qu'on ne peut conteſter. Cependant il
conſte, par le rapport de tous ceux qui ont vu
le Cadavre, qu'il n'avoit que l'impreſſion de la
corde à laquelle il étoit attaché, d'où il reſulte
qu'il n'a été que pendu. D'un autre côté, ſi Ca-

las billoté avoit été pendu par les accusés, pour faire croire qu'il s'étoit défait lui-même, pour-quoi ont-ils fait ce qu'ils ont pu pour cacher. ce genre de mort ? pourquoi ont-ils dit dans leur Interrogatoire d'office, ainsi que le sieur Calas pere l'avoit déterminé, qu'ils avoient trouvé le Cadavre à terre ? peut-on penser qu'ils eussent voulu se préparer une excuse, dans un fait qu'ils ont toujours essayé de cacher ?

Le public a dit, que Marc-Antoine Calas avoit les jambes crochues après sa mort, & que les nerfs des génoux s'étoient rétirés, d'où on veut conclure qu'il n'a pas été pendu.

Ce fait m'a été assuré faux par des chirur-giens, qui ont vu & examiné le Cadavre le len-demain de sa mort ; mais fût-il vrai, on né pourroit en rien conclure, contre le genre de mort de M. A. Calas, parce qu'ayant été de-pendu près de deux heures après sa mort, le Cadavre prêt à prendre le dernier dégré de froideur, auroit pu aisément s'être fixé dans quelque situation qu'on l'ait placé.

A tout ce qui vient d'être dit, on ajoute, que Marc-Antoine Calas, né ambitieux, amou-reux de la liberté, se voyoit esclave dans un magasin, asservi à un comptoir sans appointe-mens, tandis que tous ses amis moins âgés que lui, étoient déjà à la tête d'une maison qu'ils faisoient valoir pour leur compte, il n'avoit pu déterminer son pere à lui former une Société, il ne pouvoit parvenir à être reçu Avocat. Que l'on combine tous ces faits ; le même motif, qui le portoit un mois avant sa mort à quitter ses Pa-rens, pour revenir de Geneve, se faire pendre en France, l'a peut-être porté à se donner la mort.

Un mot, qu'il dit à la Servante après avoir quitté la table, justifie cette idée. Il entre dans la Cuisine, & s'approche du feu ; *avez-vous froid, Monsieur l'Aîné, lui dit la Servante ? Non*, lui répondit-il, *je brûle*. Il brûloit, sans doute, il étoit dévoré de ces feux, il sentoit ce bouillonement de sang, qui précéde toujours un pareil acte de déséspoir.

Dira-t-on que ce mot est inventé par la Servante ? Le génie, le génie le plus exercé à peindre les mouvemens de l'ame, auroit moins bien répréfenté l'agitation, qui bouleverfoit celle de Marc-Antoine Calas, un mot si énergique, si fublime, si unique, ne peut partir que de la nature & du fentiment.

D'ailleurs, si le Monitoire avoit été à charge & décharge, ceux, qui connoiffoient particulierement Marc-Antoine Calas, auroient dépofé, que les plus noires Tragédies plaifoient feules à fa trifte imagination, que Cidnei étoit fa Piece favorite, & qu'il s'extafioit, en récitant le fameux Monologue de Schakefpear fur le Suicide.

Après tout cela, dira-t-on encore que Marc-Antoine Calas ne s'eft pas donné la mort ? Tout porte à croire le Suicide, tout femble avoir fervi, avoir concouru à le favorifer. Le caractère, le tempérament, les inclinations, les paffions de Marc-Antoine Calas, fa dernière parole, le lieu du délit, l'état du Cadavre, tout cela refifte au contraire, à l'idée qu'il a été mis à mort par d'autres que par lui-même.

Si on eût voulu tuer Marc-Antoine Calas auroit on choifi ce genre de mort, l'auroit-on préféré à tant d'autres, à la faveur defquels on s'affuroit de l'impunité ; ceux qui auront pû de fens

froid former le deſſein de pendre un homme,
n'auront-ils pas eu la prudence de pourvoir,
ou du moins, de ſonger à leur ſûreté.

Quel eſt le lieu, où l'on ſuppoſe que ces gens
ont commis ce crime ? Une Boutique ſituée ſur
une rue la plus peuplée, la plus commerçante de
la Ville ; dans quel temps ? A huit heures du
ſoir ; à cette heure, où les Boutiques voiſines
ſont toutes ouvertes ou habitées. Etre obligé
d'admettre de pareilles ſuppoſitions, n'eſt-ce
pas reconnoître l'abſurdité de l'accuſation.

§. I V.

En ſuppoſant que Marc-Antoine Calas ne ſe ſoit pas
pendu lui-même, ſa mort ne devroit-elle pas être
imputée à des Voleurs ou à des ennemis cachés,
plutôt qu'à ſon Pere, ſa Mere & ſon Frere.

Cette queſtion n'intéreſſe qu'indirectement
mon Frere, mais elle l'intéreſſe ; ſi les Parens
de Marc-Antoine Calas ſont innocens de ſa
mort, il n'a pû être leur Complice. Cependant
je la traiterai très-ſuccintement ; c'eſt aux autres Accuſés, qui par les Confrontations des
Témoins connoiſſent cette portion de Procédure, qui les regarde principalement, à débattre les inductions qu'on peut en tirer contr'eux. Je me bornerai à quelques réflexions,
qui ſe préſentent d'elles-mêmes à tout eſprit rai-
ſonnable.

C'eſt à la nature à répondre à cette queſtion.
Les préſomptions ne peuvent avoir lieu contre
le Pere, cet axiome n'eſt de droit que parce
qu'il eſt de ſentiment; ce ne ſeront pas les Perès,
qui croiront légérement Calas coupable.

Pour imputer un Parricide à un Pere, il faut des preuves plus claires que le jour, il faut avoir vu, ses mains teintes du Sang de son Fils, Oter la vie à celui à qui on l'a donnée, étouffer dans son cœur la voix de la nature, rompre le premier & le plus sacré des liens, sur passer en férocité les brutes que l'instinct conduit à remplir les devoirs de cette parenté naturelle, c'est être un monstre accompli; & l'on ne croit pas aux monstres sur des présomptions. Personne, dit Menochius (a), n'est présumé hair son sang. L'humanité a une grande force, & la nature elle-même se soulève contre de pareils soupçons. *Nemo presumitur odio prosequi carnem suam. Magna enim vis est humanitatis. Reclamitat ipsius modi suspicionibus ipsa natura.*

Il faudroit supposer qu'un pere a non-seulement été sourd à la voix de la nature, mais encore qu'il est parvenu à en étouffer le cri dans le cœur d'une mere & d'un frere; il faudroit supposer que trois personnes ont fait par réflexion un crime qu'il est fort difficile d'imaginer qu'une seule d'elles eût pû faire par vivacité: il faudroit supposer que le complot a été formé par des têtes étrangeres, & qu'il a été exécuté par les mains faites pour l'empêcher. Il faudroit supposer qu'il y a une Religion qui ordonne, conseille ou permet de pareilles fureurs, & que cette Religion est celle qu'on accuse depuis deux cens ans d'un excès de tolérance & même d'indifférentisme; en un mot, il faudroit se prêter aux plus monstrueuses suppositions pour pouvoir admettre un forfait qui les renferme

(a) *Menoch. de præs. l. 5. q. 2. n°. 19.*

tous,

tous, un forfait unique depuis la naiſſance du monde : fouillés l'Hiſtoire ſacrée & profane. Rappellez-vous tous les attentats de la ſcéle-rateſſe, raſſemblez toutes les fréneſies du fana-tiſme, vous ne trouverez rien qui approche d'un tel crime.

Outre la préſomption tirée de la paternité, il en eſt d'autres qui paroiſſent déciſives. Les Accuſés ſou perent tranquillement : c'eſt un fait conſtaté par la Procédure ; on doit en conclure qu'ils n'ont commis le crime dont on les accuſe, ni avant ni après le ſoupé; car qui peut imaginer une pareille tranquillité avant ou après une pa-reille action? Menochius (a) rapporte qu'à Rome on trouva un pere aſſaſſiné dans ſon lit entre ſes deux fils qui dormoient, la porte étoit fer-mée : nul indice qui fît ſoupçonner ni domeſ-tique ni étranger ; il étoit à préſumer que les deux fils avoient fait le crime ; il n'étoit pas probable qu'ils n'euſſent pas été reveillés quand il s'étoit fait : tout étoit contre eux ; mais les Juges conſidérant qu'on les avoit trouvés réelle-ment endormis, les renvoyerent abſous. Des préſomptions furent anéanties par une ſeule plus forte : on crut que des enfans qui dor-moient à côté de leur pere égorgé, ne pou-voient l'avoir égorgé ; & l'on pourroit croire que les Accuſés ſouperent avant ou après avoir trempé les mains dans le ſang d'un fils, d'un frere, d'un ami.

L'accord parfait des Accuſés eſt encore une forte préſomption. Il eſt vrai qu'ils dépoſent dans leur propre fait ; mais l'unanimité de leur dire fait préſumer qu'ils diſent la vérité. Eſt-

(a) *Menoch. ib. q. II. n°. 6.*

E

il concevable que cinq perfonnes d'état , d'â-ge, de religion, de fexe & d'intérêts différens, ayent été interrogés avec tout l'art poffible, ayent fubi tànt de confrontations , ayent été confrontées entr'elles & ne fe foient jamais dé-menties ! cette invariabilité de recit n'appar-tient qu'à l'innocence. Les Accufés ne convien-nent pas , dit-on , dans quelques circonftan-ces , mais elles ne font pas effentielles , & c'eft une preuve qu'il n'y a eu ni complot ni con-cert ; ainfi la préfomption tirée de leur uni-formité fubfifte dans toute fa force.

Qu'oppofe-t-on à tout cela ? On oppofe les mauvais traitemens de Calas pere envers ce-lui de fes fils , qui s'eft fait Catholique. Ses jactances contre le mort , & les prétendus cris du mort dépofés par les Témoins ; examinons ces trois chefs.

1°. Quand les mauvais traitemens de Calas pere envers un de fes fils , fils Catholique , fe-roient prouvés , on ne pourroit pas en conclure que ce pere avoit pu affaffiner l'autre , puif-qu'il n'eft nullement prouvé que cet autre fe fût fait Catholique , & encore moins qu'il eût projetté une abjuration pour le lendemain de fa mort. Mais ces mauvais traitemens ne font pas conftatés par la Procédure. Les Témoins qui les dépofent difent le tenir du fils qui les nie, mais doit-on en croire des Témoins qui par-lent d'après un fils , qui ne feroit pas lui-mê-me cru contre fon pere ? Des ouï-dire font-ils des témoignages ? *Teftes de auditu alieno nihil probant*. D'ailleurs , eft-il probable qu'un en-fant forti de la maifon paternelle avant qu'on y fçût qu'il dût changer de Réligion , ait été condamné par fon pere à jeûner quinze jours

au pain & à l'eau , pieds nuds , dans une cave.
Est-il vraisemblable , qu'un pere ait tiré de
son comptoir un coup de pistolet à son fils?
Le coup eût eté entendu de tout le quartier.
Calas pere eût été lapidé par le peuple.

2°. Les menaces & jactances de Calas pere
contre Marc-Antoine Calas, consistent , dit-on
en deux faits. Un Témoin prétend avoir vu le
pere prendre ce fils au collet, & le menacer d'ê-
tre son Bourreau. La raison & la Loi veulent
que les menaces d'un pere soient toujours prises, comme tendant à la simple correction du
fils. *Si quid in filium aliquid comm ·sit pater id correc-*
tionis emendationis que gratia admi·isse præsumatur.
Le pri: Cod. de emend. prop. Le Témoin de ce
fait est unique ; il a même fait entendre que
cette menace , loin d'être en haine de la Réligion Catholique, étoit en haine de quelque
vol; action bien opposée à toute Réligion. Un
autre Témoin prétend qu'en passant dans la
Grand'ruë devant la Boutique du sieur Calas ,
il ouit le sieur Calas dire à un homme qui se
promenoit avec lui, *s'il change, il ne mourra*
que de ma main. Le Témoin de ce\fait est encore unique. Ce mot, *s'il change,* peut se rapporter à tout autre chose qu'à la conversion &
à toute autre personne qu'au fils. La conversion de Marc-Antoine Calas , est une chimere.
Quel est le Confesseur qui l'a dirigé ? Quel est
le Docteur qui l'a instruit ? Son Curé n'a rien
sçu de sa prétendue abjuration, son Curé ,
sans qui cette abjuration ne pouvoit s'exécuter.
D'ailleurs , quel fonds peut — on faire sur une
parole prise à la volée par un Passant, douteuse,
puisqu'elle est niée , dit-on , par Calas pere ,
& vraisemblablement mal entenduë. Car est-

ce à haute voix qu'on fait de pareilles confidences ? Le sieur Calas se plaignoit souvent de la passion de son fils pour le jeu, dans un moment d'humeur, il peut avoir dit, *s'il ne change, il ne mourra que de ma main*. Et le Passant, qui a déposé, aura défiguré le propos en n'entendant pas la negation *ne*, qui ne se fait point sentir dans une prononciation rapide, telle qu'est celle de la colere. *Lubricum lingua noli ad pœnam trahere*.

Répétéroit-on encore que Calas haïssoit la Réligion Catholique, que son fils vouloit embrasser. Je répétérai que cette haine n'est pas bien prouvée, puisqu'il avoit destiné son fils à la profession d'Avocat, qui exige certains Actes de Catholicité, & que le projet de conversion de ce fils ne l'est pas mieux, puisque ces Actes de Catholicité qu'il faisoit peuvent & doivent même être attribués au besoin qu'il avoit d'un Certificat pour prendre ses Grades. De plus, par quelle imprudence Calas pere auroit-il associé à un crime de Réligion, une Servante Catholique. Une Catholique auroit-elle pu se resoudre à y tremper ou à conniver ? Elle a contribué à convertir l'un des freres, & elle aura assassiné l'autre parce qu'il vouloit se convertir ! ce motif de Religion ne peut pas être plus attribué à mon frere qu'à la servante. En effet qu'importoit à mon frere que Marc-Antoine Calas fût Catholique ou Protestant ? Voilà donc le plus horrible des crimes commis sans aucun sujet, puisque d'un côté il n'est point prouvé que Marc-Antoine Calas voulût abjurer, & que de l'autre il est impossible qu'une Catholique l'ait puni de l'avoir voulu.

3°. On soutient que les cris du mort déposés par les témoins accusent le pere ; mais d'abord il est évident que ces cris dont la date est de neuf heures trois quarts, ne sont point partis de Marc-Antoine Calas trouvé froid à dix heures. En second lieu, il s'ensuit que les témoins sont de faux témoins, ou que du moins ils se sont trompés, puisqu'il est physiquement impossible que l'homme froid à dix heures ait parlé & crié à neuf heures & trois quarts. Troisiémement, ces cris se rapportent à la narration des Accusés. Les témoins ont confondu la voix du mort avec celle de Calas & de mon frere. *Indicium vocis*, dit Julius-Clarus, *est multum fallax & periculosum*. Leur imagination a travaillé depuis le Monitoire ; ils ont entendu : *mon pere, on a étranglé mon frere. Ah ? mon Dieu ! que vous ai-je fait !* De toutes ces plaintes ils ont formé de propos entrecoupés, qu'ils ont mis dans la bouche de Marc-Antoine Calas.

Que si l'on vouloit donner quelque poids à ces dépositions, elles ne prouveroient point que Calas pere eût étranglé son fils, mais plutôt que des voleurs l'ont étranglé. Ces mots déposés, dit-on, par les témoins, au voleur, on m'assassine, accusent des ennemis cachés, & repoussent tout soupçon loin du pere. Marc-Antoine crie que des voleurs l'assassinent, il n'est donc point assassiné par ses parens. Ces autres paroles : *mon pere ! vous m'étranglez ; que vous ai-je fait ?* Ne prouveroient rien contre le pere, quand même les dépositions pourroient être scindées. *Mon pere*, c'est une invocation adressée, par un fils en péril, à l'auteur de ses jours. Voyant sa vie menacée par des voleurs, il implore pour la conserver celui qui l'a lui a donnée. *Vous m'étranglés*, ou, *pourquoi m'étranglez-vous ? Que vous a-je fait ?* Si cela étoit vrai, tout cela s'adreſſoit évidamment aux aſſaſſins, aux voleurs.

Mais, dira-t'on, les portes de la maiſon étoient fermées. Des voleurs ou des ennemis de Calas auroient pu aiſément ſe cacher dans la boutique, au ſecond étage qui n'eſt point habité, au galetas ou dans une grande cour qui n'eſt aux Calas d'aucun uſage, & où ils n'entrent preſque jamais. Ces voleurs pourroient avoir pendu Calas pour faire penſer qu'il s'étoit détruit lui-même ; ils pourroient être ſortis & avoir fermé la porte en ſortant ; ils pourroient même être reſtés dans la maiſon, y être dans le temps que les Capitouls y étoient & n'en être ſortis qu'avec la foule. Les Capitouls firent-ils une recherche exacte ? Viſiterent-ils tous les coins & recoins ? Je ne ſçai ſi le Verbal le dit, mais ceux qui étoient préſens ne le diſent pas.

Il eſt donc infiniment plus probable que ſi Marc-Antoine Calas ne s'eſt pas pendu, il l'a été par des voleurs ou des ennemis cachés, qu'il ne l'eſt qu'il a été pendu par ſon pere. Ah ! ſi le Monitoire avoit été à charge & à décharge, Dieu ſçait ce qu'on auroit découvert !

§. V.

Dans le cas où il ſeroit prouvé que les Parens de Marc-Antoine Calas ont été les auteurs de ſa mort, mon Frere n'en ſeroit pas moins à l'abri de tout ſoupçon.

La Procédure ne fournit aucune preuve con-

tre mon frere. Sur un nombre infini de témoins
on n'a pu lui en confronter que neuf, dont aucun ne le charge de rien : toutes les préfomptions font en fa faveur.

1°. Mon frere né avec des inclinations honnêtes, a pris dès le berceau, auprès de mon
pere, les leçons & les exemples de l'exacte
probité. Sa principale étude eſt la vertu, elle
a toujours reglé ſes mœurs & ſa conduite. Les
ſociétés qu'il avoit choiſies ici, celles où il
s'étoit introduit à Bordeaux en rendent un témoignage autentique. Attentif à ſes devoirs,
il s'eſt attiré l amitié de ſes Maîtres. Bon
ami, il s'eſt fait aimer de ſes Condiſciples.
Soit que ſon caractére attire l'amitié, ſoit que
ſon nom faſſe valoir ſon caractére, ceux qui
l'ont connu l'ont autant eſtimé que chéri.

Peut-on donc préfumer qu'il ait trempé dans
dans le crime qu'on lui impute ? Auroit - il
perdu tout d'un coup ſes ſentimens & ſes mœurs?
Etouffe-t-on ainſi les droits ſacrés de la nature?
Peut-on en un inſtant ſecouer le joug de l'habi-
tude ?

2°. Son âge le met à l'abri de tout ſoupçon.
Il a vingt ans. Eſt-ce l'âge de l'enthouſiaſme
& des grands crimes ? Eſt-ce à un enfant qu'un
veillard de 68. ans s'adreſſera pour les commettre ?

3°. Il arriva de Bordeaux à Touloufe le 12
à cinq heures du ſoir. Il y eſt retenu le 13 malgré lui, & faute de chevaux qu'il chercha inutilement. Quelle apparence qu'il emploie le reſte
de la journée à comploter un Parricide !

4°. Ce n'eſt qu'à quatre heures du ſoir, qu'il
voit par haſard, un moment, les ſieurs Calas
ſur le ſeuil de leur boutique. Il cede à leurs inſ-

tances, & fur-tout à celles du Mort, fon ami, qui l'invitent à fouper. Il cherche encore des chevaux ; il ne rejoint cette famille qu'à fept heures, à l'heure où les Bourgeois foupent. Peut-on préfumer que Calas eût penfé, eût voulu, eût pu, dans fi peu de temps, dans moins d'un quart d heure, affocier un paffant à un complot qui demandoit tant de confidences, tant de préparatifs, tant de combinaifons : un ami particulier de fon fils : un étranger abfolument inutile à l'action, qui pouvoit nuire & qui ne pouvoit fervir. Un enfant, à qui l'on ne pouvoit fuppofer une audace, que fa phifionomie pleine de douceur démentoit : un enfant qu'on fçavoit fi tendrement attaché à cette portion de fa famille, pleine de refpect & d'amour pour ces mêmes principes, qui faifoient le prétendu crime de Marc-Antoine Calas.

5°. Mon Frere eut une conduite bien oppofée à l'attentat dans lequel il eft impliqué. Dès qu'il voit fon ami mort, fon premier foin eft d'aller chercher un Chirurgien pour le rappeller à la vie. Le fecond, d'aller chercher un ami des parens pour leur donner quelque confolation. Le troifieme, d'aller chercher un Magiftrat, pour conftater la mort de Calas, & le faire inhumer le lendemain. Le quatrieme de rentrer dans cette infortunée maifon, pour adoucir l'affliction de la famille. Sont-ce là les démarches d'un criminel, ou d'un homme capable de fouffrir qu'on l'eût été en fa préfence ?

Quel eft le criminel qui cherche à conftater fon crime ? Si mon Frere eût été coupable auroit-il pouffé ces cris qui raffemblerent tout le quartier ; il eût été auffi facile qu'il étoit important d'enfevelir ce crime dans un fecret éternel. Qu'on

trouve

trouve une raiſon ſuffiſante pour faire cet éclat, j'avouerai que cette préſomption eſt ſans force.

6°. Mon Frere rentre dans la maiſon ; tandis que le Magiſtrat y étoit , il la vit entourée de Soldats , & il n'en fut point effrayé ; il eſt des remords pour les ames les plus noires , & mon Frere n'en auroit point eu ! Les remords inſéparables du crime dans ceux même qui y ont blanchi, ne l'auroient pas aiguilloné à prendre la fuite ! Il prie qu'on lui ouvre la porte , il eſt réfuſé, il inſiſte, on le réfuſe encore. Il fait demander la permiſſion au Magiſtrat , on la lui accorde enfin ; il vole dans la chambre de la Dame Calas pour la conſoler. Conduit à l'Hôtel-de-Ville , il eſt mis chez l'Enſeigne du Guet , il peut s'évader puiſqu'il eſt ſans garde & il ne s'évade point. Eſt-ce là la conduite d'un Scélérat ? Une telle intrepidité eſt le caractere de l'innocence. Qui ne ſe réproche rien croit n'avoir rien à rédouter. Dans le crime même de leze-Majeſté , c'eſt ſuivant tous les Auteurs un indice de l'innocence , que cette confiance avec laquelle un accuſé qui pouvoit fuir ſe préſente à la Juſtice & l'indice eſt toujours d'autant plus fort que le crime eſt plus grand & que les facilités de la fuite ont été plus multipliées. *Innocentiæ conjectura eſt quando accuſatus fugam rapere potuit & noluit .... etiam in crimine leze-Majeſtatis.*

Toutes les préſomptions ſe réuniſſent donc pour mon Frere. Or ſi de pluſieurs indices réunis on tire la conviction des accuſés , ne doit-on pas tirer de cet amas de probabilités la conviction de ſon innocence.

Le ſeul indice qu'on puiſſe lui oppoſer , c'eſt qu'il a ſoupé dans une maiſon où un crime s'eſt commis.

1°. Mais fi le crime n'a pas été commis par les mains des Calas, mon Frere eft innocent, & il eft prouvé que ce crime n'a point été commis par les mains des Calas.

2°. S'il a été commis par Marc-Antoine Calas lui-même, mon Frere eft encore néceffairement innocent.

3° S'il a été commis par des Voleurs ou par des ennemis cachés, l'innocence de mon Frere eft auffi évidente.

4°. S'il a été commis par ordre des Calas & par des affaffins qu'ils auroient apoftés à cet effet, mon Frere ne feroit nullement coupable pour avoir foupé chez des gens qui l'auroient prié, afin de fe menager en fa perfonne un Témoin favorable & fans reproche.

5°, Quand les Calas pourroient être condamnés, ils ne le feroient que fur des indices & des foupçons. Ces indices & ces foupçons ne peuvent jamais tomber fur mon Frere : s'il y avoit même des preuves contr'eux, elles ne pourroient pas même former une préfomption contre mon Frere ; puifqu'il feroit poffible que les Calas euffent commis, on fait commettre ce Crime à fon infçu & fans fa participation; peut-on être rendu criminel par le fait d'autrui?

Au refte, il nous revient de tous les côtés que la Procédure eft remplie de nullités.

1°. Elle manque par le fondement, puifque le Verbal ne fut pas fait dans la Maifon même du fieur Calas & fans déplacer, comme l'exige l'Ordonnance.

2°. On négligea lors de ce Verbal d'examiner l'état des lieux, ce ne fut que plufieurs jours après qu'on y fit une feconde Defcente, lors de laquelle on trouva la Corde & le Billot.

On ne visita pas non plus les endroits de la Boutique, la Cave, le second Etage, le Galetas,
la grande Cour & les autres Lieux, où les Af-
saffins de Calas, en supposant qu'il ne se fût pas
de défait lui-même, auroient pû se cacher. On
n'envisageoit que les Accusés, on agissoit comme
si on eût craint de trouver les vrais Coupables.

Lors de la Visite du Cadavre, qui fut faite
par un Médecin & deux Chirurgiens, on n'en
examina que l'extérieur. Si on avoit visité le
dedans, on se feroit encore mieux convaincu
que Marc-Antoine Calas étoit mort par suspension.

Le Sieur David, Capitoul, fit faire une
seconde Visite pour examiner le dedans de l'Estomach ; on prétendoit que Marc-Antoine
Calas avoit été étranglé avant qu'on ne soupât,
& que mon Frere & la Servante avoient menti,
quand ils avoient dit qu'il avoit soupé & quitté
la Table avant la fin du Répas ; mais il n'ap-
pella pas à cette Visite, comme il auroit dû
le faire, le Médecin & les Chirurgiens qui
avoient procédé à la premiere ; le Médecin n'y
fut pas appellé, & l'on n'y employa que le
sieur Lamarque, l'un de ces Chirurgiens, quoique la question fût bien plus de la compétence
du Médecin que de celle du Chirurgien ; aussi
se ressent-elle de l'incapacité de celui qui l'a
faite ; car, quoiqu'il ait trouvé en nature dans
l'estomach de Marc-Antoine Calas le peu de
Viande & les Enveloppes de Raisins, que mon
Frere avoit déclaré dans son Interrogatoire lui
avoir vu manger : il lui a plu de dire que cette
Viande & ces Raisins étoient des restes de son
dîné ou de son goûté, en convenant cependant
par une contrarieté qui révolte, que la digestion

s'acheve & se parfait dans trois ou quatre heures, de maniere qu'il ne reste plus rien pour lors dans l'estomach.

L'on a déja vu dans l'exposition du fait, que plusieurs des Juges qui ont donné la Sentence, s'étoient rendus recusables.

Les autres moyens de cassation ne sont pas venus à ma connoissance ; mais ils n'échaperont pas aux lumieres de la Cour.

Il importe peu d'ailleurs pour ce qui regarde mon frere, que la Procédure ait été bien ou mal faite. Les raisons prises du fonds de sa cause, me promettent son relaxe, je ne puis douter que l'injure faite à son honneur par une accusation atroce, & par une injuste Sentence, ne soit reparée par un Arrêt qui rendra un fils cheri à un pere mourant, & ce pere à sa famille désolée, & s'il m'est permis de le dire, à la Patrie.

LAVAYSSE, fils.

www.ingramcontent.com/pod-product-compliance
Lightning Source LLC
Chambersburg PA
CBHW061650180626
46818CB00003B/1043